김덕임 시집

풀처럼 꽃처럼

미당문학사

시를 쓰기 전까지
내가 누구인지 모르고 살았다.
나를 들여다보는 법도 몰랐다.
이제 조금 알 듯도 싶다.
한 줄의 나를 쓰기 위해
5년을 밤새워 공부했다.
앞으로 내 삶을 다지고 걸러서
고운 모습으로 익어가고 싶다.
누가 뭐래도
가시도 꽃이 된다는 걸 알았다.
풀처럼 꽃처럼 살아온 이야기를
주섬주섬 모아 엮어 보았으나
내 시가 아직 부족하고
서툴러서 부끄럽다.

2016년 가을 〈풀꽃집〉에서

김덕임

목차

Ⅱ. 그곳에 가면

Ⅲ. 풀처럼 꽃처럼

Ⅳ. 까치의 눈물

V. 함께 가는 길

Ⅰ. 풍경을 담다

연석산

깊은 산속 계곡에
물이 흐른다

무엇이 서러운지
자기를 부수고 또 버리며

바위에 부딪히고 돌에 맞으며
절벽으로 떨어져 뒹굴면서

낮은 곳으로 더 낮은
곳으로 흘러서 간다

칠십 년 세월을
부서졌는데

아직도 나는 계곡에

그대로 남아 있네

갈 길은 먼데 해가 저문다

풀을 뽑다

밭을 맨다
돌멩이 골라내고 풀을 뽑는다

더 이상 채울 것도
가질 것도 없는데

돌아서면 다시 돋는 무성한 풀

둥지 떠난 자식들 날마다
허공에 어지럽게 널려있네

비우지 못한 밭고랑에
잡초만 우거져

오늘도 마음밭에 풀을 뽑는다

올챙이 시인

개울가의 올챙이는
얼마쯤 자라야 개구리가 될까

제목 하나 써놓고
꼬리를 살랑살랑

글 한 줄 써놓고
엉덩이를 실룩실룩

앞다리도
뒷다리도
아직 나올 기미도 없는데

그래도 좋다고
날마다 꼬물꼬물

가을 휴양림

시를 쓰는 할배가
가을에는 깊은 시를 써야 한다고
휴양림에 갔습니다

휴양림의 하늘은 가을로 꽉 차있었습니다
밤나무는 주먹만 한 밤송이 두어 개를 하늘 가지에 걸어 놓았고
은행나무 감나무 도토리나무도
가을을 털어내고 있었습니다

여름 잔치가 끝난 나무 밑의 모정으로
지나가는 바람이 쉬었다 가고
말라버린 계곡에는 아이들이 놓고 간 웃음이
단풍 되어 예쁘게 떠있습니다

할배는 분위기가 좋아야
시상이 떠오른다고

빨갛게 익어가는 감나무 밑 벤치에 앉아
수첩을 꺼내 시를 쓰고 있습니다

지나가던 고추잠자리가
할배의 등에 꾸벅 졸고 있습니다
그 사이로 홍시 하나가 뚝 떨어졌습니다

돌아오는 길에
똘밤 서너 개를 주은 할배는
그래도 신이 났습니다

가을에는 깊은 시를 써야 한다고
똘밤 같은 제목만 가지고 돌아오는
할배의 머리 위로
나무의 시들이 우수수 날립니다

운동장
— 서신초등학교

오월의 운동장은 푸르다

통통이를 뛰는 아이들
하늘까지 날아오른다

담 밑에 심어놓은 팬지도
나비되어 날아다닌다

아이들 책 읽는 소리에
숲속의 새들도 따라 책을 읽는다

이야기 할머니가 동화를 들려주면
까만 눈의 아이들이 까르르 웃는다

교문 옆에 서있는 이순신 장군
큰 칼 옆에 차고 아이들을 지킨다

월동

마른 잎 몇 개 붙들고
나무가 떨고 있다

더 추워지기 전에
보온 덮개를 두르고
화분들을 동여맨다

지나버린 날은 오지 않지만
봄은 다시 오겠지

시 한 줄 붙들고
설렜던 한 해를
담쟁이넝쿨에 걸쳐 놓고

겨울을 준비하는 등허리가 시리다

그리운 섬 증도

드넓은 수평선에
빛바랜 파라솔들이 서 있다

물 빠진 갯벌에
마실 나온 짱뚱어
이리저리 헤매다 길을 잃었다

끝없이 펼쳐진 염전
바다를 삭히고 있는 동안

유채꽃밭에서 맑은 영혼들이
노랗게 피어나고 있다

너무나 고요해
갈매기도 숨어버린 증도에

나도 한 알의 소금으로

머물고 싶다

따가운 햇볕이 염전을 달군다

오동도 동백

푸른 바다 품어 안고
붉게 물든 동백꽃

나무에서 한 번
땅에서 한 번
마음에서 한 번

세 번을 피고 떨어지는
절절한 사랑이

세찬 바람 몸으로 막으며
기다리다 지쳐 온몸을 떨군다

구절초

옥정호 소나무 숲에
하얗게 눈꽃으로 내렸다

하늘에서 내려온 선녀인가
산골의 새색시

오랜 그리움에 외로운 여자는
한줄기 바람에도 마음을 내줍니다

구구절절 아홉 마디
이야기 들으려

새하얀 구절초 꽃 사이로
사람들이 기웃기웃 모여듭니다

분꽃

낮에는 졸더니만 해질녘에
빨간 분칠하고 활짝 웃는구나

젊은 날 쏘다니다 석양에
눈 비비니
붉은 노을이 얼마 남지 않았네

노을이 기울기 전
할 일이 남았는데
다급해진 내 등 바람이 다독인다

풀꽃도 사랑을

빨간 장미가 노랑 장미
옆구리 찌르더니
울타리에 분홍 장미를 걸쳐놓았다

길섶에 민들레는 임 찾아 떠났고
땅속에서 잠자던 겨울 수선화
어느새 담 밑에 수북이 새끼를 몰고 왔다

부족하면 부족한 대로
넉넉하면 넉넉한 대로
하나같이 향기를 머금고 있다

아침에 피었다가 저녁에 지는
풀꽃도 사랑을 하나보다

진안장에서

고추를 사러 진안장을 찾았다
길가에 쪼그리고 앉아 채소 파는 힐매

이 빠진 옥수수
반질거리는 가지 몇 개
연한 고추 쉰 고추 몇 그릇

텃밭에서 딴 호박잎
고구마순 한 다발
물어만 보아도 반가워
덤으로 주는 거친 손이 정겹다

깻잎다발 가지런히 모으고
고구마줄기 벗기다
스르르 졸고 있다

청보리밭

푸른 보리밭에
오월의 햇살이 눈부시다

굽이굽이 산등성이
드넓은 보리밭이
바다처럼 넘실댄다

허기지고 힘들었던 보릿고개
그래도 가시 세운 보리들이
알알이 영글었던 그 시절

보리밭 길을 걸으며
추억의 보리밥을 다시 비빈다

우리 집 남자

소설小雪이 지난 바다
해변을 걷는다

청춘은 외로운 거라고
푸시킨의 시를 보듬고 살던 철없던 시절

시집을 가면 행복할 거라고
얼굴 긴 남자 만나 시집가던 날

신혼여행이 끝나고 도착하는 순간
또 다른 세상이 나를 기다렸다

시댁 살림살이 깨닫기도 전에
내 품에 안겨진 어린 것들

내 이름도 잊고

새끼들의 엄마로만 살았다

마흔 다섯 번의 결혼기념일
"거기 서 봐, 웃어! 자네는 웃어야 이뻐"

연신 핸드폰을 눌러댄다
우리 집 얼굴 긴 남자

Ⅱ. 그곳에 가면

다시 스무 살
— 방송 통신대 입학 하던 날

한 모퉁이 돌아
서낭당 고개 접어들 때
내 청춘은 외로웠지

한 모퉁이 돌아
신작로에 접어들 때
그 넓은 신작로
그래도 행복했지

한 모퉁이 돌아
오솔길에 들어서니
그 곳에 핀 풀꽃들이
쉬었다 가라하네

지나온 길 돌아보니
잊은 게 하나 있어

그 길 찾아 들고 보니
다시 스무 살이 되었네

봄의 들머리

봄이 오는 건지산의 오송제
얼었던 몸을 풀고
원앙 한 쌍이 물 위를 가른다

여기 저기 온 땅이 들썩거리고
어린 쑥 빼꼼히 고개를 내민다

왜가리 하얀 날개 널어 말리고
마른 가지 위에 까치 한 마리
부지런히 둥지 청소를 한다

과수원 나무들 몸을 다듬고
거름을 넣어주는 손길들이 바쁘다

바람난 봄바람은 염치도 없나
큰 애기 가슴을 파고든다

여름날 아침

열대야 때문에
뒤척이던 아침
새벽을 깨우는 맑은 새 소리

컴퓨터를 켠다
잠도 없는 글쟁이들
자정이고 새벽이고
시도 때도 없이 들랑거린다

살아가는 소리
엄살떠는 소리
새벽부터 쨱 쨱 쨱 댓글 소리

마당의 감나무는
멀쩡한 땡감 서너 개 빠뜨려놓고
미동도 하지 않은 채 늦잠을 잔다

늘그막에 만난 푸시킨

살아온 세월 뒤로하고
골목길 서성이던 어느 날

낯선 개울가 그 곁을 맴돌다
발 하나 다시 내디뎠다

발목이 잠겼을 뿐인데
두렵기도 하고
가슴이 벌렁거리기도 하고
설레이기도 하였다

오십 여 년 전
어릴적 내 친구 푸시킨이
죽은 줄 알았는데
반백이 되어 나를 다시 찾는다

묵은 텃밭에 한 움큼
꽃씨를 뿌려 주더니만

주체 할 수 없는 방언들이
들썩 들썩
이 늘그막에 나더러 어쩌란 말이냐

거울

거울을 보았다
서울 속에 엄마가 있다
갸름한 얼굴에 부석한 눈
때로는 우울한 모습으로
때로는 웃는 모습으로
못 가르쳐 미안하고
고생시켜 미안했다고
엄마가 나에게 눈으로 말한다

세월이 흐르면
그냥 그렇게 덧없이 흘러가면
힘든 것도 추억이 된다고
선인장에도 붉은 꽃이 피는 거라고
거울 속 엄마가 나에게 말을 건다

기말 시험

고기를 잡으려 낮에도 밤에도
정성을 다해 사개월을 기다렸다

십이월의 강가에는 바람이 찬데
구월에 던져 놓은 낚시를 건지러 갔다

한 마리 두 마리 건져 올리는 짜릿한 손맛

아! 어쩔거나
놓쳐버린 한 마리 저 멀리 떠나간다

떠나간 그 놈이 눈에 밟혀
밤새 추운 강바닥을 허우적거렸다

머릿돌 교회 사모님

바람 불어 추운 날
따뜻한 호박죽 한 그릇
오가는 사람에게 나누어 주고
예수 믿으라 전도하는 여인

여름성경학교 다니다 늦어진 귀갓길
아버지에게 들켜
호되게 야단을 맞으면서도 믿음을 놓지 않더니
목사님 사모님 되어서는
밤낮 없는 봉사와 이웃을 위한 헌신으로
한 생을 살아온 기도의 어머니

비단길 마다하고
고난길 걸어가는 예수님 따라
교회의 머릿돌에 한 송이 민들레로 피어
바람모퉁이에서 씨앗을 날린다

석양

노인 병원에
우리 어머니가 계신다

긴 세월 어떻게 살아왔는지
기억은 못해도
새끼들 이름 석 자는 꼭 쥐고 있다

점례 할머니도 부안 산내 댁도
침대 모서리에 기대 앉아
면 산을 바라보며 두 눈만 깜박인다

구순 넘긴 최 권사님
휠체어에 앉아 찬송가를 부른다
나의 갈 길 다 가도록 예수 인도하시니

인생의 끝자락
서산에 걸친 노을이 애닯다

문수사 가을

수백 년 살아온 단풍나무가
아름다운 옷으로 갈아입었다

모진 비바람에 꺾이고 상한 몸
찬바람에 떨고 있다

지나온 삶이 무상했던지
우수수 세월의 옷을 벗는다

잎사귀만 무성한 사람들
기웃거리며 구경한다

내 인생도 내일이면 낙엽이 되리라
풍경소리가 바람에 차다

그곳에 가면

― 화암사

산딸기 익는 유월
녹즙이 떨어지는 숲속으로 들어갔다

오르고 올라 하늘과 맞닿은
산봉우리에
곱게 늙은 절이 하나 있다

천국에서 꽃비를 내리신다는
우화루에
가진 것이라고는 천정에 매달린 목어 한 마리

물 한 모금 마시고 내려오는 길
보이지 않을 때까지 서 있는 검둥이는
화암사의 보살님이었다

개암사

꼬불꼬불 산등성이를 지나
숲으로 들어갔다

이름 모를 예쁜 새
어서 오라 속삭인다

산 속 약수터에 허리를 펴니
다람쥐 놀러왔다
물 한 모금 먹고 간다

무거운 속세의 짐
산에 내려놓고

노랑나비 앞세우고
개암사에 들어서니

처마 끝 풍경소리 객을 맞는다

숲길에서

편백나무 그늘에 앉아
시를 읽는다

햇님이 내려와 기웃거리고
바람도 지나가다 힐끗거린다

청설모 한 마리
저도 시 한 줄 읽어 보겠다고
오르락 내리락

들려오는 풀벌레 소리
어슬렁 어슬렁 가을이 온다

고추잠자리

서산에 붉은 구름 한 조각
산등성이에 걸려있다

새들도 숲으로 돌아가고
텅 빈 들녘

바람도 없는 허공에
온몸으로 시를 쓴다

지나온 세월 뒤돌아보며
못다 한 이야기 모두 거두어

붉은 연필로 시를 쓴다
가을을 떠나려는 고추잠자리

가시나무새

입춘은 지났지만
찬바람이 나뭇가지를 휘감습니다
노인 병원 가시나무에
어미 새 한 마리 앉아있습니다
커다란 눈 하얀 피부 갸름한 얼굴
곱게 늙었습니다
어느 추운 날 어디서 날아왔는지
두 눈을 두리번거리며
여기가 어디냐고 물어봅니다
하루 종일 어두운 하늘을 바라보며
알아듣지 못하는 노래를 부릅니다
아무도 그 새의 노래를 들어주지 않습니다
여름날 푸른 나무에서
행복했을 아비새와 새끼새들의 이름을 부릅니다
흘러내릴 피 한 방울 남아 있지 않은 깡마른 몸
붉어지는 눈망울과 가쁜 숨소리로
앙상한 나뭇가지에 앉아 노래를 부릅니다

Ⅲ. 풀처럼 꽃처럼

풀꽃집

새벽이슬이
어둠을 딛고
풀잎에 반짝이면

새들이
나의 창문을 두드린다

해마다 풀꽃은
새로운 부활로 싹을 틔우고
또, 꽃을 피우다가

어느 날
바람모퉁이에 마음 하나 맺어놓고
말없이 가버린다

삶의 갈피마다

눈물과 웃음으로 바느질한 그곳

석양이 물들 때 더욱 아름다운
당신과 나의 보금자리

담쟁이

오십 년을 버텨온 낡은 담벽에
여린 잎 세워가며 그림을 그린다

하늘을 그리고
구름을 띄우고 새를 날린다

어젯밤은 달나라에
인공위성도 쏘았다

너무 애쓰지 마라
온몸에 땀방울 그렁그렁 맺혔다

달궁계곡

맑은 물이 흐르는 계곡
도심에 지친 사람들로
숲속은 만원이다
골짜기마다 펜션과
나무 밑에 자리 잡은 텐트족들
푸른 치마폭에 모두 끌어안은 산은
근엄하게 앉아있다
해가 떨어진 계곡
하얀 별들이 쏟아지고
온갖 새들이 날아와
칡넝쿨 아래서 대굴대굴 구른다
또 하나의 추억이 매미소리에 부서진다

등꽃

모악산 올라가는 길에
쉬었다가는 정자가 있다

칭칭 감은 등나무들이
연보라 꽃들을 늘어뜨려
은은한 향기를 품어낸다

등나무는 혼자 살지 못하고
서로 기대어 산다

한 평생
네 어깨 내 어깨 내어주며
감고 살아온 부부가
구불구불 산에 오르다가
등나무 아래 앉았다

산에 오르지도 않고
두런두런 또 하나의 꽃을 피워낸다

맑은 계곡에서 놀던 햇살이
꽃잎 하나 등에 업고
물 따라 흘러간다

수목원

따스한 바람이
가슴에 안긴다

오솔길을 걸어
수목원에 들어서니

잔디 헤치고
갓 피어난 제비꽃

눈부신 벚꽃 사이로
흐드러지게 피어났다

옹기종기 모여 사는
돌담 밑 수선화

피기도 전에 하얀 머리

고개 숙인 할미꽃

어머니 모습 닮아
발길이 멈춘다

어디를 보아도 봄이 서 있는
이만하면 넉넉한 봄날의 오후

가시꽃

오십년 전에
가시가 목에 걸렸다

지난 날 나를 따라다닌
긴 그림자

오랜 세월 그 가시
아무도 뽑을 수 없었다

하나님이 간절한 기도를 들어주셨다

오늘 평생 목에 걸린
그 가시를 하나 뽑았다

벚꽃이 하얗게 피어나던
2013년 4월 14일

내 나이 예순 일곱에
대입검정고시에 합격했다

서산의 붉은 노을이
꽃다발을 들고
나에게 걸어오고 있다

천사의 손

12월의 마지막 날
교회에 앉았다
기도하려고 고개를 숙였지만
아무 말도 떠오르지 않고
가슴만 두근거린다
도저히 부끄러워서
슬며시 눈을 뜨고 말았다

이맘때면 어김없이 놓고 간
얼굴 없는 천사의 손길
돼지저금통 십원짜리 동전까지
일 년간 수고 했을 젖은 손을 본다

나 하나도 추스르지 못한 삶
나 하나만 배불리 먹은 부끄러운 손
비워내지 못한 커다란 주머니

날마다 채워달라고 부탁한 기도
올 한해도 나는 거지로 살았다

부부로 산다는 것

어느 날 갑자기 아내가 쓰러졌다
식물인간이 되어버린 아내는
산소 줄 하나 붙들고 죽지도 살지도 않고 있었다
얼마나 먼 곳을 다녀왔는지
일 년 만에 기적처럼 눈을 뜬 아내는
남편도 자식도 기억해 내지 못했다
오년동안 대소변 받아내며 지극정성 보살핀
남편의 기도가 하늘에 닿았는지
이제는 자식들 보고 웃기도 하고
남편이 뽀뽀 한번 하자고 하면
입술을 삐죽이 내밀어 준다
막내딸 시집보내던 날
이렇게 살아주어서 고맙다고
오늘까지 버텨주어서 고맙다고
아내의 손을 잡고 굵은 눈물을 흘리는 남편
그래도 나는 아내가 살아있어 행복하고

엄마를 보러온 자식들이 있어 든든 하다며

망년회 동창회 날

서둘러 일어나는 그의 뒷모습이 너무나 아름다웠다

여름 밥상

입맛 없는 여름
햇보리 옥수수 넣은
톡톡 터지는 보리밥

신 열무김치 고추장 한 숟갈
참기름 한 방울 보리밥에
쓱쓱 비비면 맛있다

고구마순 냄비 바닥에 깔고
갈치 자박하게 지져놓으면
갈치보다 고구마순이 더 맛있고

풋고추 된장에 찍어 한입 깨물고
상추 한 주먹 싸서
밀어 넣으면 정말 맛나다

봉숭아꽃 핀 여름날
진수성찬 앞에 놓고
가만가만 세월을 버무린다

봄의 왈츠

오월에 핀 장미는 웃다가 기절했고
바람난 금계국은 춤추다 쓰러졌다

나리와 백합은 향기에 무아지경
멋쟁이 한련화 기죽어 새침하다

모퉁이 빈 공간에 모종을 했다

백일홍 심으며 희망을 심고
과꽃을 심으며 그리움도 심었다

분꽃이 필 때 매미가 울고
국화가 피면은 귀뚜라미 울겠지

가물어 메마른 땅 날마다 물을 주는
꽃 바라기 영감님 땀방울이 송글송글

청산도

완도에서 한 시간
살가운 미풍이 데려다준 신선의 섬

바람 따라 들려오는 진도 아리랑
여린 보리 흥겨워 너울너울 춤추고
노랑 유채꽃 단아하고 눈부시다

동서로 거문도 소안도
제주도 신시도가 남북으로 보이는
느림이 아름다운 천년의 해변 길

구들장 다랭이밭 붉은 자운영
고향에 두고 온 어머니의 향기
가쁜 숨 고르며 나를 찾아 떠난다

다랭이 마을

바다 끝 붙들고
층층이 쌓아올린
올망졸망 다랭이밭

힘들게 일구었을
흙보다 돌이 많은 천수답에
오늘도 빈틈없이 생명들이 자란다

바다와 어우러져
그림 같은 동화나라

칠월의 땡볕이 쏟아지는데
등 굽은 할매가
갈퀴 같은 손으로 마늘을 캔다

Ⅳ. 까치의 눈물

사월

벚꽃 흐드러진 산에
연초록 새싹들이 반짝인다

누군가 부르는 것 같아 뒤돌아보니
하얗게 서있는 이팝나무

따스한 봄 햇살이
수북이 핀 할미꽃 위에 앉아 있다

한 아름 꽃을 안고 돌아온 사월
어느 곳을 보아도 초록의 꽃동산

제비꽃 민들레
아지랑이 따라 마실 간다

까치의 눈물

비 오는 날 아침
까치 한 마리가 고양이에게 잡혔다

남아 있는 까치 한 마리가
이 지붕 저 지붕 날아다니며
하루 종일 울어댄다
까악 까악 까악

장례식장에는
우는 사람이 없다
아버지가 돌아가신 집도
어머니가 돌아가신 집도

어둠이 내리자
종일 기진하게 울던 까치
불 밝힌 장례식장을 기웃 거린다

장끼와 까투리

건지산에 오른다
유월의 녹음이 온 산을 품었다
꺼억꺼억 꿩 우는 소리가 들린다
먼발치 숲속에서 장끼 한 마리가
두리번거리며 까투리를 찾는다

앞서가던 장끼가
뒤따르던 까투리에게 말한다
계단으로 오르지 말고 옆길로 올라와
미끄러지니까 조심해
숨차면 쉬어갈까
걱정 많은 장끼가
뒤돌아보느라 비틀거린다

이어폰을 끼고
뒤따르던 참새가 짹짹거린다

나뭇가지에 쉬고 있던
바람이 등을 떠민다

새벽시장
— 동대문

자정 넘어 25시
낮보다 더 밝은 시장

저마다 꿈을 안고
밤을 잊은 젊은이들

초롱한 눈망울이
별빛처럼 빛난다

양손에 무거운 짐
어깨는 고단해도

마음은 무지개 되어
새벽바람을 가른다

저만치
가로등 하나 졸고 있다

무등산

잠에서 덜 깬 무등산
어둠을 박차고 떠오르는 태양

간밤에 젊은 영혼들
못다 한 사랑 나누고 떠난 자리

미처 따라가지 못한 새털구름
발그레 얼굴 붉힌다

아직도 그날의 함성이 들리는 듯
새벽을 가르는 제트기 소리

그날의 붉은 피 배롱꽃이 되어
무등을 지킨다

당신은 누구신가요

피난 올 때 놓고 온 자식
버리고 왔다는 죄책감으로
평생을 괴로워하던 구순의 아버지

죽어도 자식을 만나 금강산에서 죽겠다고
구급차를 타고 삼팔선을 넘었다

두 살 때 헤어진 자식들
손만 잡아도 알아 볼 수 있다던 아버지
이순이 넘은 아들 딸 눈앞에 두고
미동도 하지 못 한다

너무 오래 기다리다
치매에 걸린 어느 어머니
육십년을 그리워하던 딸 손을 잡고
당신은 누구신가요

눈이 내린다
눈물 머금은 눈이 서럽게 금강산을 덮는다

시월의 용담호

고향 떠난 어버이들의 눈물이 모여
호수는 만수滿水가 되었고
지나간 전설은 안개 속에 묻혔다

시월의 가을은 깊어만 가고
비어있는 벤치에 낙엽이 쌓인다
모든 것 다 비워버린 텅 빈 골짜기

무서리 내린 산등성이에
하얀 억새가 떨고 있다
세월을 끌어안은 생명의 물줄기
목마른 새 한 마리 목을 축인다

생선가게

불 꺼진 재래시장
생선가게 할머니가 자리를 뜨지 못하고 있다

아직 팔지 못한 생선이 많아
마음은 홍어 속인데

좌판에 고등어
방사선 누명이 억울하여 눈을 뜨고 잔다

추석 명절 잘 나가던 시절도 있었지만
올해는 영 재미가 없다

팔리지 않은 고등어
집에 있는 식솔을 먹이려고

흘러내린 몸뻬바지 추켜세우며
주섬주섬 한숨을 쓸어 모은다

입추

열대야 때문에
뒤척이던 밤

어디선가 들려오는
풀벌레 소리

새벽이슬 타고
내려오는 서늘한 바람

흩어진 홑이불
끌어 덮는다

손자

바람이 불어
꽃잎이 떨어져도

구름이 흘러
소나기 내려도

길을 가다가
잠자리 한 마리 풀섶에 앉아도

창밖의 새들이 노래할 때도
어젯밤 꿈을 꾸다가도

나는 왜
네 생각만 나는 것이냐

그해 여름 광복절
— 큰 아들 생일날

광복의 여명이 밝아오는데
우주를 찢고 나와 울부짖었지
군산 앞바다를 출렁거리며
그렇게 태어난 작은 생명
수줍은 젖가슴 더듬거리며
어미와 자식으로 만났지
세상을 다 얻은 벅찬 가슴으로
끌어안은 작은 불덩이
그 많은 날들이
너로 인해 행복했고
살아가야 할 이유가 되었지
때로는 웃고 울면서 살아온 삶
스무 살의 사나이가 되어
뜨거운 피가 솟을 때
눈물범벅으로 충성을 외치던
그 팔월의 논산 훈련소 연병장을

너는 잊었느냐
마흔여섯 번의 광복절
여전히 그날처럼 가슴이 뛰는구나
이제는 불혹의 나이로 어미와 같이 늙어가는
어깨가 넓은 네 등에 업히고 싶다

천사의 섬
— 임자도

육지 손님 기다리며
긴 겨울을 이겨냈다

천만 송이 튤립으로
단장을 하고

커다란 애드벌룬
하늘에 띄웠다

연락선 오기만
기다리는데

아무도 찾지 않는 임자도
부둣가의 엿장수만 혼자 바쁘네

예쁜 꽃 다칠까봐

나비도 비껴가는

말만 듣던 네덜란드 꽃밭
천사의 섬 임자도

시인의 고향
— 김용택 생가를 찾아

아름드리 느티나무
마을을 감싸고
고추잠자리 떼지어 나는데
낯선 손님 왔다고
매미가 자지러진다

섬진강 물줄기 산 따라 흐르고
동네 가운데 아담한 집
장독 서너 개가 담 밑에 앉아있다

마당 한구석 '농부와 시인'
시비가 세워져 있고
낯익은 문패를
어머니 홀로 지키고 있다

사립문 밖 텃밭에

옥수수가 주렁주렁

스쳐가는 바람에 시를 읊는다

질마재 가는 길

선운산 품어 안은 미당 문학관

꽃길 따라 마중 나온 미당의 시들이
온 동네 꽃동산을 이루었다

구름이 산허리에 앉아 있고
나비처럼 모여든 사람들
모두 다 시인이다

미당의 영혼이
천만 송이 꽃으로 피어난
질마재 언덕

가을 저무는 시골길에
국화꽃이 한 송이 시로 피어 있었다

Ⅴ. 함께 가는 길

축제날

온 산이 하얗게
바람에 흔들리고 있다
사람들이 얼굴과 손등에 꽃을 그리고
나비처럼 꽃밭을 헤집고 다닌다
가냘픈 허리를 밟고 서서
키발을 딛고 사진을 찍는다
얼굴 긴 할배가
이럴 땐 시를 써야하는 거라고
구부리고 앉아서 시를 쓴다
할망구가 들국화 같다고
썼다가 지우고 썼다가 지우고
아무도 읽어 주지 않는 시를 쓴다
들국화도 따라서 시를 쓴다

쑥을 캐다

양지바른 언덕에 앉아
남편과 함께 쑥을 캡니다

겨울 먼 길을 돌아온 작은 생명들이
보송보송 예쁩니다
그리운 얼굴들이 떠오릅니다

기다리지 않아도 봄은 오는데
따스한 햇살이 내려앉은 오후
봄을 한 소쿠리 캤습니다

구부린 어깨 위로
한줄기 바람이
지나온 세월을 따라 지나갑니다

그리움

오월의 바다는
어머니의 젖가슴이다

그리움도 애통함도 가슴에 묻고
서둘러 떠나가신 그곳은 어디인가

고요한 바다
밀려오는 파도

저 멀리 눈 감지 못하고 서있는 등대
어머니 모습이다

가난한 살림살이
칠남매 키우느라 힘드셨던 어머니

어린 자식 눈에 밟혀 눈도 감지 못하고

아직은 먼 젊은 날

장대비 쏟아지던 빗길 속으로 가신 어머니

쏟아지는 태양이 은빛으로
바다를 색칠한다
갈매기 한 마리 울고 간다

오리 새끼

모악산 미술관에서
예수님을 뵈옵고 나오는 길에
오리 새끼 세 마리를 샀다

나무로 조각한 하얀 오리 삼 형제
어찌나 예쁘던지
잘 보이는 책상 앞에 놓았다

고개 숙인 오리
뒤돌아보는 오리
옆에서 지켜보는 오리

보고 있어도 보고 싶은
세 마리 자식들
허허로운 어미 가슴 파고든다

다낭에서

딸과 함께 떠난 베트남 다낭

어디가 하늘이고 어디가 바다인가
그림 같은 야자수 이름 모를 꽃들

파도소리 숨죽여 흐르고
새들이 소곤소곤 사랑을 나눈다

밤새 불 밝히고 고기 잡던 배들도 떠나고
푸른 별들이 놀고 간 새벽 바다

평생 따라다니던 아담과 하와가
발자국을 포개며 천국의 새벽을 걷는다

설날

가까이 사는 자식도
먼데서 온 자식도
모두 다 반가운 얼굴
이리 뛰고 저리 뛰고 신나는 손주들
조용하던 집이 들썩 거린다
고소한 기름 냄새 온 집안에 가득하고
오가는 대화에 웃음이 넘친다
한복 입은 외손녀의 재롱이
나비 보다 예쁘다
이 세상에 빈손으로 왔다가
자식 손자 열 명이나 두었으니
이쯤이면 성공한 인생살이
먹이고 먹여도 끝없는 잔치
허리는 휘어도 넘쳐나는 에너지
보따리 터지게 싸주어도 왜 이리 서운한가
모두 다 바람처럼 떠난 자리

영감 하나 나 하나
숭숭 구멍 난 엿만 먹고 있다

사진

꽃샘바람이 불던 날
외출을 하려고
머리를 세우고 화장을 하였다

거울에 비친 모습이 고와서
지난번 찍으려던 명함사진
이럴 때 찍으면 좋겠다 싶어
오래된 사진관에 들렸다

더 늙기 전에
영정사진 한 장 만들어 달라고 부탁했다
내가 이 세상 떠나는 날
웃는 모습 남기려니
자꾸만 굳어지는 입술 위로
실없는 파도가 밀려온다

마음은 아직 스무 살 인데
찰칵 찰칵 셔터를 누르니
슬픈 눈을 가진 주름진 새 한 마리
렌즈 속으로 들어간다

서울 나들이

딸과 함께 나들이 나온 서울
여의도 한복판 호텔에 여장을 풀었다
한강이 유유히 흐르고
수많은 차량들도 은하수처럼 흐른다
빌딩들이 하늘을 붙들고
상가의 네온이 눈부시다

빌딩 뒤 응달진 모퉁이에
자리 잡은 포장마차
희미한 전등불이 뿌옇게 얼고 있다
촘촘히 주저앉은 저 멀리 낮은 집들
하루의 고단함을 보듬고 있다
서울 하늘은 별이 없다

일흔 송이 붉은 장미

생일날 아침
창밖에 까치가 운다
어머니가 부르는 소리

십년이면 강산도 변한다는데
그 강산이 일곱 번 변하였다

이제 더 이상
변할 것도 새로워질 것도 없는
늙은 고목나무 아래

내 지팡이가 놓고 간
붉은 장미 일흔 송이
기진한 내 몸에 수액 되어 흐른다

지아비

- 양선호

오십여 년을 변함없이
바르고 선하게 살아왔다

싫은 소리 한번 못하고
약속을 잘 지키는 사람

서걱 거리는 모래 길도
말없이 지나온 젊은 날

큰 수술 받고도
금시 털고 일어난 우리집 기둥

음악을 좋아하고
동백꽃을 사랑하는 사람

주저앉을 때마다

일으켜 세워준 나의 버팀목

깊은 주름 훈장처럼 달고서
늘 고맙다고 말하는 얼굴 긴 남자

초대석

– 양선호 *

낙엽

계곡마다 가을이 내려앉았다

산도 붉고
흐르는 물도 붉다

곱게 물든 나무들이
세월에 밀려 잎을 내린다

수북이 쌓인 낙엽을 밟으며
산길을 걷는다

주는 것으로 행복하고
가진 것 없어도 넉넉한

저 나무들 앞에서
나도 오늘 낙엽이 된다

바닷가에서

사람이 드문 바다에
칼금처럼 또렷한 수평선

통 통 통
고깃배의 마른기침 소리

곤한 바다를 깨우며 출항한다
더 내려갈 곳 없는 바닥에서
마침내 느낄 수 있는

푸르디푸른 바다의 색깔
그 위에 갈매기 한 마리
너울너울 하늘에 난을 치고 있다

스치는 바람도 나이를 먹는다
- 아내 칠순 잔치에

햇빛 스며드는 창가에
주름진 웃음으로 마주앉아
긴 세월의 잔을 마신다

푸른 날 생긋 웃는 당신의 모습이
장미꽃이 되어 내 마음에 피었고
싱그런 젊음이 불꽃이 되어 한 몸이 되었지

지난날 가슴에 담아둔
삶의 고통과 시련들이 힘들게 하여도
항상 사랑으로 받아준 당신

사랑을 받고 주는 일들이
당연히 마시는 공기처럼
늘 잊고 살아온 지난날이 미안하오

어느새 칠순을 맞는 당신
굽어진 어깨 마른 가슴에
일흔 송이의 장미꽃을 바칩니다

계절의 봄날은 가도
마음의 봄날을 부여잡고
웃는 모습이 예쁜 당신 곁에 오래 머물고 싶소

가을 들녘

하늘이 내려앉아
땅이 멀어졌다

축제 끝난 들녘
함성소리 멈춘 들판에 서서
지평선 너머를 꿈꾼다

거둔 것 한없이 작으나
마음은 다시 일렁인다

너와 내가 하나 되는
바람이 불기 때문이다

동창회

칠순의 나이에
한 자리에 모였다

세월이 지나간 흔적들
서로 확인 하다가
주름진 웃음으로 황혼을 받아들인다

잘 나가던
젊은 날 이야기보다
자식 자랑 손주 자랑에 힘이 난다

서로가 살아온 길 달라도
가는 길은 모두 한 길

가을빛 동창들
막걸리 한 잔에 단풍으로 물들다

감을 따면서

파란 물이 흐를 것 같은 하늘

흔들리는 잎사귀 사이로

붉은 대봉시가 묵묵히

바람 소리를 듣고 있다

긴 여름을 이겨낸 감

아내와 함께 땄다

세월이 내려앉은 저녁노을

돌아보니 이제 감이

나를 따고 있다

가시가 꽃으로 피어난 풀꽃집의 신화

김동수 | 시인 · 백제예술대 명예교수

2012년 3월, 그러니까 지금부터 4년 전, 전주시 삼천도서관에서 김덕임씨를 처음 만났다. 그때 나는 기존의 〈문예창작반〉을 〈문학테라피반〉으로 바꾸고 전주시민대학 수강생을 기다리고 있던 중이었다.

본래는, 평소 문학에 관심이 많았던 부군(양선호)께서 새로 개설된 문학반에 등록을 한다기에 따라나섰다가 남편의 권유에 마지못해 등록을 하게 되었다고 한다. 그런데 오히려 김덕임씨가 이후 창작활동을 즐기면서 각종 대회에서 문학상을 받으며 이번에 시집까지 내기에 이르렀으니 이를 두고 주객이 전도되었다고나 할까? 아님 전화위복의 경우라고나 할까?

이때부터 김덕임씨는 시공부에 재미를 부쳐 늦은 나이에도 불구하고 대입검정고시를 거쳐, 방송통신대학 국어국문학과(졸업반)를 다니면서 전북여성 백일장 운문부 차상과 전국스피치 대회 최우수상, 온글문학회 부회장과 인근 초등학교에서 동화구연 선생님으로도 활약하는 등, 정말이지

115

날개를 단 듯 눈부신 활동을 벌이고 있다. 말하자면 자아성취로 후반기 인생을 더욱 멋지고 활기차게 펼쳐가고 있는 다재다능한 분이라 하겠다. 그것도 4년 만에 이룬 성과이고 보니 가히 경이로운 일이 아닐 수 없다.

1. 풍경을 담다

시는 머리가 아니라 가슴으로 써야한다고 한다. 머리로 이해하고 해석하는 논리가 아니라 가슴에 다가오는 느낌이 중심이 되어야 한다는 말이다. 그래야 현실적 자아, 곧 에고(ego)의 내가 진정한 나의 자아(self)를 만나게 되는 기쁨에 이르게 된다는 것이다. 이러한 기쁨, 이러한 행복에 이르기 위해 시인들은 시를 쓴다.

생명적 직관으로 대상에 대한 응시와 통찰을 통해 자신의 삶을 조율해가면서 구원의 길을 모색해 간다. 그러기 위해 밖의 사물들을 안으로 끌어들여 대상을 자기화하고, 자기를 대상화하면서 풍경과 하나가 되기도하고, 내면의 움직임을 하나의 정서로 가라앉혀 각질화된 일상에서 심미적 고양의 세계를 지향해가기도 한다.

오월의 운동장은 푸르다

통통이를 뛰는 아이들
하늘까지 날아오른다

담 밑에 심어놓은 팬지도

나비 되어 날아다닌다

아이들의 책 읽는 소리에
숲속의 새들도 따라 책을 읽는다

이야기 할머니가 동화를 들려주면
까만 눈의 아이들이 까르르 웃는다

교문 옆에 서있는 이순신 장군
큰 칼 옆에 차고 아이들을 지킨다.
—「운동장」 전문

　동심의 세계를 있는 그대로 그린 한 폭의 그림이다. 화자의 시선이 '운동장의 아이들'에서 '담 밑 팬지'와 '나비'로 옮겨가다 '숲 속의 새'와 '교문에 서 있는 이순신 장군'으로 옮겨 사물과 사물을 지극한 시선으로 바라보고 있다. 천진난만, 천진무구의 세계가 그대로 펼쳐 있다.

　관찰자의 입장에서 시인은 '바라봄'을 통해 자기가 말하고 싶은 바를 직접 드러내지 않고, 상황이나 장면을 담담하게 그려 정서를 환기시켜 줌으로써 오히려 깊은 울림을 만들어 내는 묘사 기법이다. 이러한 풍경 속에 자연과 인간과 물상들이 각기 있는 그대로 물화지경을 이루고 있다.

　'이야기를 들려주는 할머니'와 그것을 듣고 '까르르 웃는 아이들'이 하나가 되어 있고, '책을 읽는 아이들'과 그걸 따라 지저귀는 '새들'도 모두 하나의 풍경 속에 혼연일체가 되어 있다. 이곳은 분별과 갈등을 찾아 볼 수 없는 천일합일의 세계, 곧 주主와 객客, 호好와 불호不好가 구분되지 않고 모두가 하나의 풍경으로 어우러져 그림이 되는 무위자연 선경仙境

이 아닌가 한다.

이러한 정경교융情景交融 물아일체의 풍경은 자연과 인간, 물상이 하나가 되는 도道의 세계로서 우리에게 심리적 안정과 미적 쾌감을 인겨 주는 동양미학의 정수이기도 하다.

옥정호 소나무 숲에
하얗게 눈꽃으로 내렸다

하늘에서 내려온 선녀인가
산골의 새색시

오랜 그리움에 외로운 여자는
한줄기 바람에도 마음을 내줍니다

구구절절 아홉 마디
네 이야기 들으려

새하얀 구절초 꽃 사이로
사람들이 기웃기웃 모여듭니다
　　　　　　　　　　—「구절초」 전문

해마다 10월초 정읍시 산내면 옥정호 공원에서는 구절초 축제가 열린다. 그 눈부신 풍경의 감동이 한 편의 시로 발효되어 시 「구절초」가 되었다. 구절초가 '눈꽃'이 되기도 하고 '선녀'가 되기도 하고 '산골의 색시'로 은유화 되기도 한다. 그러다가도 외로운 날에는 '사람들'을 불러들여 마음을 내어 주기도 하는 시적 변용의 세계가 구절초의 청아한 이미지를 다양하게 잘 형상화하고 있다.

이 시에서도 주체와 객체가 모두 하나가 되어 대상을 주관화하고 주관을 대상화하는 동일성의 세계를 보이고 있다. 이러한 동일성의 획득은 시인 특유의 상상력을 통해 자신의 심정을 세계에 투사하는 감정이입의 세계, 곧 자아와 세계의 불일치를 화해시켜 일체감을 이루어가는 '자아의 세계화'이기도 하다.

> 새들도 숲으로 돌아가고
> 텅 빈 들녘
>
> 바람도 없는 허공에
> 온 몸으로 시를 쓴다
>
> 지나온 세월 뒤돌아보며
> 못다 한 이야기 모두 거두어
>
> 붉은 연필로 시를 쓴다
> 가을을 떠나려는 고추잠자리
> ─「고추잠자리」 전문

고추잠자리 한 마리가 바람 한 점 없는 '허공'에 '온 몸으로 시를 쓴다'고 한다. 그것도 머지않아 다가올 겨울을 앞둔 '가을 잠자리'의 모습, 어쩐지 적막하고 불안하다. '붉은 연필'이 되어 '서산에 지는 노을'을 배경으로 홀로 시를 쓰고 있는 가을 하늘 고추잠자리의 풍경 속에서 그러한 화자의 내면 의식이 더욱 감지된다.

'텅 빈 허공의 들녘'과 '노을', 그 위에 '시를 쓰고' 있는 '고추잠자리'와의 병치 구조는, 대상의 주관화, 곧 세계의 자아화이다. '고추잠자리'라는 대상을 자신이 의지와 욕망에 따리 주관화하는 것이 아니라, '지나온 세월을 뒤돌아보며/ 못 다한 이야기를 모두 거두어' 시를 쓰고 싶어 하는 시인의 욕망을 대상에 투사시켜, 고추잠자리와 자아, 곧 주체와 객체의 심리적 분열을 봉합하고 있다. 이로써 시인은 비로소 정서적 안정과 심미적 쾌감, 곧 동일성의 세계를 획득하게 된다.

2. 가시, 꽃이 되다.

우리의 삶이란 지난날의 상처를 치유해 가는 과정에 다름 아니다. 현실적 제약에 의해 잠재의식 혹은 저 무의식의 저변으로 밀려나 웅크리고 있던 상처들을 의식의 표면으로 끌어 올려 그것을 사회화하고 승화해감으로써 자신의 불안을 해소하는 소위 자아실현(self realization)의 길이다.

그것은 자신이 지니고 있는 소질과 역량을 스스로 찾아내어 그것을 충분히 발휘하고 계발하여 자기가 목적한 이상을 실현해가는 길이다. 이러한 욕구는 누구에게나 생득적으로 내재되어 있기에 자아실현욕구가 잘 충족된 사람은 사회적으로 건강하고 행복한 사람이 된다.

이는 그가 고유한 인간으로 잠재 가능성을 최대한으로 수용하고 표현하려고 하는 인간 욕구의 궁극적 목표이다. 그럼에도 불구하고 그 욕구는 다른 욕구에 비해서 우선 순위가 낮기 때문에 자칫 무시되거나 좌절된 상태에서 발생된 어두운 그림자가 엉켜 가시가 되기도 한다.

오십년 전에
가시가 목에 걸렸다

지난 날 나를 따라다니던
긴 그림자
오랜 세월 그 가시
아무도 뽑을 수 없었다

하나님이 간절한 기도를 들어주셨다

오늘 평생 목에 걸린
그 가시를 하나 뽑았다

벚꽃이 하얗게 피어나던
2013년 4월 14일

내 나이 예순 일곱에
대입검정고시에 합격했다

서산의 붉은 노을이
꽃다발 들고/ 나에게 걸어오고 있다
—「가시꽃」전문

　자기가 하고 싶은 것을 하지 못할 때 우리의 삶은 활기를 잃고 어둠에
처하게 된다. 참고 기다리고, 참고 관람하기 위해 태어나는 게 아니라 스
스로의 힘으로 삶의 주인공이 되어 능동적으로 살아가기 위하여 태어난

것이다.

60대 후반 늦은 나이에 문학에 입문하여 시를 발표하며 문학을 공부하고 있는 긴덕임씨의 경우도 이와 다르지 않는 삶이다. 내친김에 그는 대입 검정고시에 돌입, 6개월 만에 합격하는 쾌거를 이루었다. 놀라운 일이 아닐 수 없다. 이로써 평생 끈질기게 그를 따라다니던 가시 그림자가 시원스레 빠져 나간 것이다. 그걸 증명이라도 하듯 그날 '2013년 4월 14일'을 「가시꽃」에서 밝히고 있다. '가시'가 '꽃'이 되는 생의 기쁨, 그 절정의 순간을 똑똑히 기억하고 싶어 자랑스레 밝히고 있는 것이다.

여기에서 한 걸음 더 나아가 곧바로 한국방송통신대학 국어국문학과에 입학하였다. 주경야독 형설지공을 쌓아 이제 졸업을 한 학기 앞두고 지금도 시를 쓰고 레포트를 작성하면서 누구보다도 재미있게 후반기 인생을 즐기고 있다. 공자가 일찍이 언급한 '학이시습지 불역열호아學而時習之 不亦說(悅)乎 [배우고 때때로 익히니 이 또한 기쁘지 아니한가!]'의 경지가 바로 이러한 김덕임씨의 경우를 두고 한 말이 아닌가 한다.

개울가의 올챙이는
얼마쯤 자라야 개구리가 될까

제목 하나 써놓고
꼬리를 살랑살랑

글 한 줄 써 놓고
엉덩이를 실룩실룩

앞다리도

뒷다리도
아직 나올 기미도 없는데

그래도 좋다고
날마다 꼬물꼬물
　　　—「올챙이 시인」 전문

　배우고 때때로 익히며 끊임없이 일신우일신日新又日新 시창작에 정진하
면서 자아실현의 길을 걷고 있는 만학도 시인의 모습이다. 이러한 열정
은 자아의 정체성과도 관련이 되어 있지만 모든 사람이 다 그 길을 걷는
것만은 아니다. 자신의 의지로 자아를 발견하고 실현하기 위해 노력하는
사람만이 누릴 수 있는 생명적 욕구다. 그리고 그 동력의 근원이 자신의
성장사와 함께 하면서 그의 소망과 비전의 세계를 그려가고 있다. 때문
에 그가 사용한 시의 언어에는 그가 가고자 하는 미지의 세계와 지나온
삶의 궤적들이 그대로 배어 있다.
　'뜻이 있는 자 반드시 이루게 된다'는 '유지자 사경성有志者 事竟成'의 말
처럼, 생각이 머무는 곳에 생生이 있으니, 이만한 열정과 치열성 그리고
적공이 지속된다면 머지않아 김덕임씨는 문학(시)을 통해 괄목상대, 더
욱 힘차고 보람된 세계를 열어가리라 본다.

　휴양림의 하늘은 가을로 꽉 차있었습니다
　밤나무는 주먹만 한 밤송이 두어 개를 하늘 가지에 걸어 놓았고
　은행나무 감나무 도토리나무도
　가을을 털어내고 있었습니다

　…… 중략 ……

할배는 분위기가 좋아야
시상이 떠오른다고
빨갛게 익어가는 감나무 밑 벤치에 앉아
수첩을 꺼내 시를 쓰고 있습니다.

지나가던 고추잠자리가
할배의 등에서 꾸벅 졸고 있습니다
그 사이로 홍시가 하나 툭 떨어졌습니다

돌아오는 길에
똘밤 서너 개를 주은 할배는
그래도 신이 났습니다

가을에는 깊은 시를 써야한다고
똘밤 같은 제목만 가지고 돌아오는
할배의 머리 위로
나뭇잎들이 우수수 날립니다
　　　　　　　　　―「가을 휴양림」 부분

　가을 휴양림을 찾아 '깊은 시'를 쓰고 싶어하는 할배 부부의 정겨운 모습
이 눈에 선하다. 모두에서 언급한 바와 같이 지금 부부는 〈온글문학회〉에
서 동문수학하는 5년차 문학부부이다. 그러던 어느 가을, 부부가 인근 휴
양림에 들어 살아온 날들을 뒤돌아보며 오순도순 시를 논하고 있는 모습
이다. '로맨스 그레이' 분위기를 연상케 하는 노부부의 모습이 '아이들이
놓고 간 웃음' 마냥 더 없이 맑고 깨끗하다.
　지성至誠이면 감천感天이라고 이만한 정성, 이만한 공력이면 '똘밤' 같

이 떨어지던 시詩의 낙엽들도, 부군의 말마따나, 언젠가는 '가을처럼 깊고', '알밤'처럼 튼실한 열매(시)가 되어 이들 '풀꽃 정원'에 주렁주렁 열리리라 본다.

3. 몸, 달구다.

김덕임 시인은 올해 고희를 맞는다. 이 연치에 이르게 되면 산전수전을 다 겪은 백전노장으로서 그만큼 보람도 크다고 한다. 하지만 김덕임 시인의 가슴에는 아직도 못 다한 미완未完의 회한과 낙조의 쓸쓸함이 가시지 않고 있다. '해는 저문데', '아직도 내 밭고랑엔 잡초만 무성하다'는 인식도 그것이고, '갈 길은 먼데 해가 저문다'도 그것이다. 그래서 그는 오늘도 몸을 달구어 남은 생을 담금질을 한다.

밭을 맨다
돌멩이 골라내고 풀을 뽑는다

더 이상 채울 것도
가질 것도 없는데
돌아서면 다시 돋는 무성한 풀

둥지 떠난 자식들 날마다
허공에 어지럽게 널려있네

비우지 못한 밭고랑에

잡초만 우거져

오늘도 마음 밭에 풀을 뽑는다
　　　—「풀을 뽑다」전문

'비움'과 '채움'의 양가兩價 속에서 시달리고 있다. 둥지 떠난 자식들을
애면글면 아직도 놓지 못하고 있는 모습이다. 놓을 수도, 그렇다고 붙잡
을 수도 없는 애물단지들 때문에 이제 '더 이상 채울 것도/ 가질 깃도 없
는' 노부부가 비울내야 비워지지 않는 집착의 풀 때문에 '날마다(그의) 허
공이 어지럽다'고 한다.
　오죽해야 부처마저도 「숫타니파타」에서, 자식에 대한 집착을 버리고
'무소의 뿔처럼 혼자 가라' 했겠는가? 이처럼 끊임없이 자기를 비워가는
수행자의 모습이 아래의 「연석산」에서도 여전히 드러나 있다.

깊은 산속 계곡에
물이 흐른다

무엇이 서러운지
자기를 부수고 또 버리며

바위에 부딪히고 돌에 맞으며
절벽으로 떨어져 뒹굴면서

낮은 곳으로 더 낮은
곳으로 흘러서 간다

칠십 년 세월을
부서져 내렸는데

아직도 나는 계곡에
그대로 남아 있네

갈 길은 먼데 해가 저 문다.
　　　　　—「연석산」 전문

　자신의 존재를 투시하는 성찰의 세계가 역력하다. 연석산에는 유난히
돌이 많고 경사가 급한 계곡이 많다. 그러나 숲이 울창하고 사철 물이 맑
아 등산객들이 즐겨 찾은 전북 완주군 동상면에 있는 한적한 산이다. 어
느 날 시인이 이 산을 오르며 아무리 흐르고 흘러 내려도 그 자리[沼]에
고여 있는 계곡물과 그 자리에 그대로 박혀 있는 돌멩이들을 보면서 그
것을 자아와 동일시, 세계와의 일체감을 이루고 있다.
　두보는 일찍이 70을 '인생칠십고래희人生七十古來稀'라 하였고, 공자도
칠십이 되면 종심소욕불유구從心所慾不踰矩라 하여 처신이 몸과 마음에
거리낌 없어 자유스런 경지에 이른다 하였거늘, 시인은 아무리 '부수고
또 버리며' '낮은 곳으로 더 낮은/ 곳으로 흘러가도' 아직도 그 자리에서
맴돌고 있다는 자신의 한계와 미완의 세계를 자책하고 있다.
　'아직도 나는 '올챙이 시인'의 반열에서 벗어나지 못하고 있는데 어느
새 '해가 저물어' 가고 있다고 한다. 시인의 고독한 심사를 연석산의 물과
돌에 투사시켜 그들과 자아와의 동일성으로 자신의 쓸쓸한 내면을 투시
하고 있다.
　시를 얻게 되는 기쁨은 크다. 근자에 들어 그것이 그의 유일한 기쁨이

고 즐거움이듯 그는 요즘 온통 시에 매달려 있다. 끊임없이 자기를 부수고 내려 시가 그에게 건너오기를 절치부심하고 있다. 시선일여詩仙一如라더니 그에게 있어서의 시는 곧 미몽에서 벗어나는 견성見性의 세계요 하심下心으로 몸을 닦아가는 수신修身에 다름 아니다.

드넓은 수평선
빛바랜 파라솔들이 서 있다

물 빠진 갯벌에
마실 나온 짱뚱어
이리저리 헤매다 길을 잃었다

끝없이 펼쳐진 염전
바다를 삭히고 있는 동안

유채꽃밭에서 맑은 영혼들이
노랗게 피어나고 있다

너무나 고요해
갈매기도 숨어버린 증도에

나도 한 알의 소금으로
머물고 싶다

따가운 햇볕이 염전을 달군다
　―「그리운 섬 증도」 전문

'빛바랜 파라솔', '길 잃은 짱둥어', ' 갈매기도 숨어버린 증도', '바다를 삭히는 염전', 모두 종심從心에 이른 서정적 자아의 심상이 투영된 객관적 상관물들이다. 내가 누구인지?, 그리고 어떻게 살아야 할 것인지? 자신의 정체성, 곧 본래적 자아(own nature)를 찾아 헤매던 '길잃은 짱둥어'가 어느 날 '바다를 삭혀' '소금'이 되는 염전에서 한 편의 시가 되기 위해 자신의 몸을 소신공양하는 결기를 다지고 있다.

4. 등, 다독이다.

김덕임씨의 시에는 지난 세월의 줄무늬들이 그대로 아로새겨져 있다. 기억의 먼 끝에 그림자로 남아있던 흔적들을 끌어내 자의식의 세계를 펼쳐 승화해 가고 있다. 때문에 지난 날 그에게 각인된 삶의 궤적들이 그의 시의 수원水源이 되어 살이 되고 부피가 되고 깊이가 된다.

그는 살아남기 위해, 아니 살아가기 위해 지나쳐 왔던 지난날의 체험들을 하나하나 불러내 그 기억의 소중함과 기쁨의 순간들을 호명해 가면서 자신이 진정 누구인지, 그리고 무엇인지, 자기의 정체성을 확인해 가고 있다.

낮에는 졸더니만 해질녘에
빨간 분칠하고 활짝 웃는구나

젊은 날 쏘다니다 석양에
눈 비비니

붉은 노을이 얼마 남지 않았네

노을이 기울기 전
할 일이 남았는데
다급해진 내 등 바람이 다독인다
　　　　　─「분꽃」 전문

　일찍이 송나라 구양수 시인이 '미각지당춘초몽未覺池塘春草夢[연못의 봄
풀은 아직도 꿈에서 깨어나지 못하고 있는데] 인데, 계선오엽이추성階佃梧葉已
秋聲[뜰앞의 오동잎은 어느새 가을 소리를 내는구나]'이라더니, 그 또한 '젊은 날
쏘다니다' '해질녘에(사)' '눈 비비고'보니 어느새 '붉은 노을이 얼마 남지
않았다'고 자탄하고 있다. 구양수 시인의 '봄풀'처럼 미몽─올챙이, 똘밤─
에서 깨어나지 못하고 있는데 어느새 내 인생에 노을이 지다니, 허망하
게 지나간 세월을 아쉬워하며 '다급해진 내 등'을 스스로 위로하며 다독
이고 있다.

마른 잎 몇 개 붙들고
나무가 떨고 있다

더 추워지기 전에
보온 덮개를 두르고
화분들을 동여맨다

지나버린 날은 오지 않지만
봄은 다시 오겠지

시 한 줄 붙들고

설렜던 한 해를
담쟁이넝쿨에 걸쳐 놓고

겨울을 준비하는 등허리가 시리다
—「월동」전문

이 시에서도 역시 '시린 등허리'가 등장하고 있다. 그래 시인은 '더 추워지기 전에/ 보온 덮개를 씌워' 그 '등허리를 다독이며' 겨울을 준비하고 있다. '지나버린 날들은 오지 않지만/ 봄은 다시 오겠지', 다시 지고 돌아올 수 없는 인간의 유한성과 그럼에도 불구하고 지금은 저렇게 지고 있지만 봄이 되면 다시 피어나는 뜨락의 풀꽃들을 바라보면서 월동을 준비하고 있는 시인의 쓸쓸한 내면, 그것을 시인은 '등이 시리다'고 은유화하고 있다.

누구나 가을이 깊어지면 다가올 겨울을 생각하게 된다. 세월을 막을 수 없어, 자연의 섭리를 거역할 수 없어 속수무책 하릴없이 휩쓸려 가는 물살처럼 우리는 무심한 세월 앞에 함몰되고, 외면되다 결국 잊혀져 갈 것이다. 이렇게 무심하게 지나가는 세월의 소리에 귀를 세우고 있다.

5. 시, 다시 피어나다.

살아간다는 것은 –나이가 들어 갈수록– 있는 그대로를 피하지 않고 그대로 바라보는 일이다. 때로는 비루하고 때로는 찬란했던 시간의 거울 속에서 잔잔하게, 때로는 묵직하게 물결치는 생의 잔주름을 쓰다듬으며 이제까지의 나를 새롭게 들여다보는 일이다.

시를 쓰는 일도 이와 다르지 않으니, 김덕임의 시도 이러한 생의 마디, 곧 빛과 어둠의 길목에서 자아를 가다듬어 그의 삶을 끊임없이 인양, 조율해 가고 있다. 이를 위해 분열과 미완의 갈등 속에서 때로는 자신의 몸을 달구기도 하고, 하심으로 내려가 견고한 아상의 각殼을 부수기도 한다. 그러다가도 때로는 그런 자신이 너무 안쓰러워 스스로 토닥거리며 본래적 자아, 자신의 정체성을 찾아 생의 외연을 넓히고 또 그것을 심화코자 새로운 도전의 길에 나서기도 한다.

시인의 이러한 태도는 세계로부터 소외되고 배제된 자아를 따뜻한 숨결로 보듬어 안으려는 동일성의 원리, 곧 서정시의 특성과도 같은 맥락이라 하겠다. 오늘도 그는 지나간 시간 속에 '풀처럼, 꽃처럼' 살아왔던 그날의 풍경이나 사연들을 하나하나 그들의 낙원 〈풀꽃집〉으로 불러내 그것들에게 이쁜 이름들을 붙여 이 한 권의 시집에 엮고 있다.

말미에, 동문수학하고 있는 부군 양선호씨의 시 6편도 초대석으로 모셔 자리를 함께하니 금상첨화, 이 또한 아름답지 않으리오. 박수를 보내며 더욱 격조 있고 풍요로운 사유의 집, 그의 제2시집을 기대해 본다.

미당문학 시선 01

풀처럼 꽃처럼

ⓒ김덕임, 2016, Printed in Seoul, Korea

초판 1쇄 인쇄 | 2016년 11월 20일
초판 1쇄 발행 | 2016년 11월 24일

지은이 | 김덕임
펴낸이 | 김동수
편 집 | 고미숙
펴낸곳 | 미당문학사
인 쇄 | 쏠트라인(서울 중구 인현동1가 87-18)

등 록 | 제2016-000003호(2005년 6월 27일)
주 소 | 54902 전주시 덕진구 호성로135, 209-1202호
전 화 | 063) 223-3709, 010-6541-6515
이메일 | midangmh@hanmail.net

ISBN 979-11-958958-2-3

「이 도서의 국립중앙도서관 출판예정도서목록(CIP)은 서지정보유통지원시스템
홈페이지(http://seoji.nl.go.kr)와 국가자료공동목록시스템(http://www.nl.go.
kr/kolisnet)에서 이용하실 수 있습니다.(CIP제어번호: CIP2016025704)」